manoela maia

nasceu em Niterói em 1994, mas há doze anos vive na serra carioca, em Nova Friburgo. Além de escritora, é poeta, fotógrafa e graduanda em Psicologia. Teve textos publicados em antologias e revistas. Em sua escrita, aborda temas como amor, desejo, luta e lesbofobia. *Tudo que ancora em mim* é seu livro de estreia.

TUDO QUE ANCORA EM MIM

manoela maia

editora Urutau
primeira edição
2022

O —

editora Urutau

avenida peirao besada, 6 – 2D
36163 poio-pontevedra
(espanha)

rua cajus, 478
jardim das cerejeiras, cotia — sp
brasil
06724-015

[+55] 11 94859 2426 [brasil]
[+34] 644 951 354 [galiza]

www.editoraurutau.com.br
contato@editoraurutau.com.br

[EDITORA]
debora ribeiro rendelli
[REVISÃO]
ayrton badriah
[PROJETO GRÁFICO]
wladimir vaz
[COORDENAÇÃO GRÁFICA]
tiago fabris rendelli
[DIAGRAMAÇÃO]
victor h. azevedo
[CAPA]
victor h. azevedo, sobre fotografia de brian lundquist

dados internacionais de catalogação na publicação (CIP) de acordo com ISBD

maia, manoela
M217t tudo que ancora em mim / manoela maia. — cotia : urutau, 2022. 96 p. ; 14cm x 19,5cm.

ISBN 978-65-5900-292-4

1. literatura brasileira. 2. poesia. I. título.

CDD 869.1
2022-1740 CDU 821.134.3(81)-1

elaborado por odilio hilario moreira junior - CRB-8/9949

sumário

às lésbicas e às putas vagabundas
por mim e pelas minhas
pelo luto e pela luta
das trans e das bichas
aos pobres e indígenas
desempregados e desesperados
às escolas e seus professores
aos alunos e baderneiros
graduados

caixa

vou escrever sobre os dedos
molhados
e do meu gosto entre suas
juntas

vou escrever sobre os joelhos dobrados
e a boca entreaberta
sobre o ombro suado e
de como escapa meu fôlego porque

minha caixa torácica é deveras
                    delicada

há calma

às vezes a boca é usada com pressa demais
e eu não quero falar só
de poesia
quero falar dos cachos com perfume
aveludado
e da cicatriz ao lado do
seu olho esquerdo
não quero escrever poesia
quero passar a mão nas pintas das suas
costas
e ver constelações pelo
caminho
quero te ouvir
às 3 da manhã
recitando caymmi
no balanço da rede
dividindo cigarros
não quero falar de poesia
já te faço infinita
a cada palavra dita
ao pé do ouvido
há para além dos versos
você

blas[fêmia]

passar a vida com você é o mais próximo
que vou chegar de deus
da fé
do altar
é o mais próximo que vou chegar
daquele sentimento de viver algo
já vivido
o mais próximo do proibido
do absurdo
de te amar acima de tudo

ferīnus

me ponho
    ácida
na tua língua
que é pra nunca mais esquecer
o gosto de uma mulher
ferina

você não merece nada

nunca aprendi a dar o que se merece
te dei meu corpo
nu em pelo
e esse é só um exemplo
do que não se fazer

apto 202

num ato de amor contemporâneo
incontestável
te entreguei as chaves do meu apê mobiliado

ainda sei teu nome

lembrei que coisas que causam danos
irreparáveis levam nome feminino
não me importei com a problemática:
dei teu nome ao furacão

o lançamento

nunca conheci a língua dos homens
nem suas barbas
bigodes
peles ásperas
falas condescendentes à 1:15 da
madrugada na boate da demerval me
deixavam cansada
e me lembravam que se todo precipício
é uma oportunidade
então o arremesso
virou vantagem
e me lancei sem um pingo de receio
nos braços de maria

graças a deus

já ouvi falar de um deus
que me daria a mão caridosa
e diria com olhos condescendentes
qualquer coisa de bom sobre a vida
e eu me perguntei:
qual é a diferença desse deus
condescendente
de qualquer homem
tão bondoso
me estendendo a mão caridosa
e dizendo exatamente tudo
que eu já sei?

duque de caxias, apartamento 202

os bombeiros correndo, todos sem camisa
às 5 da manhã, ao mesmo tempo em que dona maria abria
a lanchonete da esquina e o traficante do primeiro andar chegava
– o malote branco recheado e alguns dias a menos
de vida, de acordo com os policiais
à paisana
trocando de turno –
a senhora do segundo andar aprendeu a fazer pão
e me ofereceu vender 4 por 2 reais e lembrei de quando eu
comprava pão por cinquenta centavos e levava pra casa de minha avó
a fila pro jogo do bicho começando
a se formar por
aposentados e pensionistas com salários
atrasados e o restaurante vegano em frente à lanchonete
abrindo as portas com estrondo
sonhei com cobras e tartarugas, mas já tinha jogado
em outros bichos semana passada e os 3 mil
guardados na gaveta me lembraram
que não cai o mesmo raio duas vezes no
mesmo jogo ilegal
o café ficou pronto e o cigarro já a postos
tudo isso em segundos ou talvez milésimos de segundo
se comparado com as asas de um beija-flor

afinal tudo é
perspectiva

la petite mort

na frança
morreríamos juntas

ode ao tempo

naquela cidade pequena havia pequenos trilhos de
uma antiga ferrovia
abandonada
costumávamos brincar de esconde-esconde
pique-pega
amarelinha e
baralho
bem no meio daqueles trilhos gastos
escondíamos tesouros sem valor – essas raridades
triviais de quem gosta de conservar
lembrança em pote –
você me dizia que aquela cidade seria esquecida
apanhada pelo rio
e afogaríamos bem ali nos trilhos
eu te dizia que para além do rio havia um mundo
com águas mais densas e trilhos
mais limpos

você não quis acreditar
eu precisava ir
você escolheu ficar
disse que não conseguia apagar toda a história
daqueles trilhos – se destrambelhar –

e foi ali – no meio da ferrovia abandonada –
que virei para nunca mais voltar
se me perguntam dos trilhos eu nem sei
mais explicar
dizem que saiu do mapa
dizem que o rio engoliu aquele lugar

há vida, permaneço

quando você partiu as paredes da casa
continuaram com marcas de pés
os cachorros continuaram latindo
às 3 da manhã quando o menino da bicicleta
cismava em perambular
aquele vizinho continuou acordando 3:30
pra trabalhar
quando você partiu o céu não mudou
de cor
o mar continuou gelado e os
pores do sol não se acanharam
para acompanhar minha tristeza
quando você foi embora aquela dor
no meu ombro direito diminuiu um pouco
e coloquei até uma rede na sala
quando você partiu
a tristeza é agora uma ponta incômoda
como um disco que se arranha de hora em hora
mas sem tanta importância porque sei que
nada deixou de ser
e estar
onde deveria estar

gozo

me pinta
revira
atiça
me mela y me lambe

me grita
me estreita
aperta
me rela y consome

me cala
exala
me água
me traga
deságua y come

pileque

ficamos acordadas até às três
dividimos taças e maços e segredos e lá pra depois da terceira taça
do quarto maço
te vi de joelhos dobrados
de dedos ocupados
umas três horas de trabalho dobrado
te vi escorrer
língua abaixo

poucas coisas na vida são tão
palatáveis
vinho eu consigo beber até três taças
você eu bebo
a noite inteira

tato

escrevo ininterruptamente
sobre tudo que levo
    à boca
e aos dedos
e aos olhos

tentei mudar o foco
mas tenho um bloco de notas
todinho seu

iso 800

tentei te capturar sob o obturador
dos olhos
mas as coisas
– geralmente as grandes e bonitas –
sempre escapam

entrenós

entre nós só havia os livros esquecidos
as horas perdidas
e as mentiras contadas
um grande e perigoso
nada

para cada esquina, um nome

eu te vi pela primeira vez em algum café na líbano
e depois vi novamente numa janela
conversando com um rapaz
e logo virando a esquina, quando atravessei
até o banco pra retirar o único dinheiro que eu tinha
na poupança porque parei de acreditar em bancos, te vi
de novo dirigindo um carro velho e barulhento
bem do jeito que você gostaria, te vi
chegando em casa, uma cartela de ovo na mão e
um jornal na outra, gesticulando com cuidado
aquele papel que você dizia que valia ouro e não se fazia mais
como antigamente
te vi
em vários lugares
todos
ao mesmo tempo e
separadamente te vi
em mesas de bar, no bar do karaokê, te vi
carregando uma sacola de compras na osório, em direção sul, te vi
por 6 anos, 7 meses e 16 dias, ininterruptamente
fiz listas das suas honrosas aparições
descrevi os olhares e os toques se esbarrando, sempre
como nos esbarramos no primeiro dia
e no último

[des]continuar

todos os processos
de morrer em vida
o céu azul
olhos fechados
o passarinho roxo
passo apressado
o ônibus lotado
trabalho acumulado
o mar calmo
patrão estressado
talvez mesmo a retina acumule
essa beleza toda
só para passar o filme
diante dos olhos
no último dia

do que um corpo é capaz?

um corpo é só um corpo
até ser veículo
até ser cura
até ser ressignificado

um corpo é um corpo na medida
da conexão
com outros
ou com si próprio

um corpo é um corpo
é instrumento

em movimento
constante

até repousar

aquela que se lembra

a potência de dois corpos femininos
violados rebentando uma, duas, três vezes
em grito e
sentados em análise constante
graças a freud e outros mitos
trago mais fumaça aos pulmões
do que aquelas mãos envelhecidas
que tocaram a criança
sem permissão
morreu o sujeito e eu
morreu a menina e a mulher
mas ainda me restaram algumas palavras
rebentando uma, duas, três vezes
na memória da vida

há c[alma]

ser de carne e osso demanda muito
sangue frio

mas só eu ouvi

um ato
tão falho
disse tudo

perfume

a rafaela

você me dizia que lembrava da morte
todas as noites e que seria feliz se
de ti
brotassem asas e a coragem
de voar pra longe

não fiz o que pude
nem de longe
e a culpa, por mais que não leve
o meu nome,
sangra e escorre

e penso em deus
o seu deus
que era tantos
de batuque alto
e flores
e espelhos
acredito hoje que fizeram teu leito
todo em rosas sem espinhos
que é pra que eu reconheça o seu cheiro
quando chegar a hora

da poesia

quando li hilda
foi como um abraço
um afago
un quelque chose
uma página sem resposta
um amor perdido
um luto
no fim das páginas

quarentena

cores quase em sépia de um amor
colorido

nem paletas nem palavras
alcançam tantos tons amarelo-girassol
desse confinamento espontâneo em que me meti
com você

em você

em mim

tato II

criei pele d'água
pra te ver chegar em dilúvio

ainda digo seu nome

ainda escrevo poemas de amor
só não hoje
só não este

crooked

antes do mês acabar
quero te levar ao parque e conversar
devagar
sobre aqueles planos de pegar o carro
e nunca mais voltar
quero fixar o olhar
e não perder teu movimento
    [sempre em direção aos meus braços
antes do mês acabar
quero te ver de branco
cabelos ao vento
procurando o melhor ângulo
do sol ao deitar
quero sempre me atentar
pra todas as conversas bobas que cismamos de ter
e chamamos de filosofia e seu olhar campestre
sempre atento aos tijolos da padaria
central
– always crooked always nice –
você diz que é nas imperfeições que a vida
se instala e por isso todos os tijolos tortos
são também a parte mais brilhante
da cidade

antes do mês acabar quero te levar
pra conhecer cada parte irregular da capital só pra te
ver achar graça nas lombadas enviesadas
da estrada que nos leva
a alguma cachoeira
a algum mar
e talvez para qualquer lugar
sempre mais além
há para além das imperfeições da cidade
olhos humanos – que de tão humanos enxergam
deformidades
com tamanha piedade

esboço

compramos quatro mudas com os dez reais que sobraram
da venda do seu bento e nos debruçamos sobre planos
de plantações, hortas e cuidados com a terra

nosso jardim virou um espaço de pura possibilidade e eu
olhava seus olhos brilhando
quando falávamos de caixotes de madeira e alguns banquinhos
– aqueles em que iríamos envelhecer juntas
olhando praquelas mudas que
plantaríamos hoje –
os chinelos ganharam lugar
                                        fora de casa
andávamos tanto no jardim
fazendo planos, as mãos entrelaçadas
entrávamos em casa só pra pegar
cafés e cigarros

acho que esquecemos que planos foram feitos
para serem realizados
as mudas continuaram lá
                                        intocadas
possibilidades desperdiçadas
eu te disse que não me importava

de sujar as mãos, eu te disse que não me importava
de plantar sozinha – desde que você ficasse ali
observando o crescimento

mas nem assim você quis ficar

e eu vi que esforços grandiosos não mudam
certas certezas de lugar

124 km

pra chegar até aqui deixei pra trás um cais
em cor púrpura e
um chão de concreto que
cuspia fuligem
deixei pra trás aquele cheiro específico
que vinha sempre
com o ônibus na volta de casa
água salgada, suor e lágrimas
deixei pra trás as pessoas que suavam e lacrimejavam
ainda que a água salgada fosse
por outro propósito
ainda haverá o dia em que eu
pegarei aquele ônibus das 20h
esperarei com a paciência dos nostálgicos
e pisarei no concreto

ainda seria eu mesmo depois
de ter juntado minhas tralhas?
e não era eu que também andava pelo concreto
com pés descalços?
e aquele lugar já não teve meu suor e lágrimas?

venho mesmo me esquecendo
de onde vim
tempo é mesmo um ótimo jeito de esquecer gostos
tatuados na língua

ansiedade

evaporei muito antes de virar água
coloquei a carroça na frente dos bois
tremi antes mesmo de atender o telefone
respondi sem saber o final da frase
furei a pedra antes da água bater
já nem sei mais quanta coisa fiz só por medo do
tempo
próprio
que todas as coisas têm
meu relógio é apressado e ansioso
quer bater antes mesmo
de saber a hora

tudo que nos une e nos separa num mesmo universo

são as mesmas árvores
o mesmo sol escaldante
o mesmo sopro que chamam de vida
passei pelas mesmas pedras
pela mesma trilha ecológica
peguei os mesmos ônibus e cultivei
os mesmos hábitos
vi os mesmos pássaros
dividi meu corpo e minha mente
e quando acabei fumei alguns cigarros
foi o mesmo vento que bateu
nos seus cachos
que me golpeou a derme
eu sei porque senti seu cheiro
não há necessidade de desespero
quando olhamos para o céu
é o mesmo céu
tudo que nos une e nos
separa
num
mesmo
universo

odoyá

não sei o que movimenta a minha
não fé
não gosto de pedir nada a deus
não sei se me ouve
entende?
peço aos céus estrelados
nublados
chuvosos, até
não peço a deus, não
peço às águas e também
ao vento que aviva as águas

não peço a deus, não
que me sinto em dívida por não dar oi
agradecer
me desculpar por ser
– oi, sou eu aqui de novo
não faz meu estilo e talvez seja isso
mesmo que movimente a tal
não fé
não gosto de dívidas e agradeço
às águas por livre e espontâneo
querer

que ninguém me ensinou a me curvar
ao mar nem a me benzer
ao entrar
odoyá

convicção

te amei como quem
fotografa beija-flor
como quem queima
a ponta dos dedos no
cigarro
como quem acorda
atrasado
te amei como quem
tem fome e sede
como quem perde
todo o ar
como quem corre atrás
do último ônibus
te amei como leitor assíduo
como devorador de livro
apressado e convicto

adeus

encerro-me em mim mesma
pra ser fonte de continuidade
no outro

e essa é minha única
pretensão

firam-se

escrevo mesmo que se firam
os dedos
mesmo que se firam
os olhos
os pais
os tios
os avós
mesmo em condições adversas de cultura e
tempo
escrever para poder gritar que ser
mulher
e amar outra
é mais que inevitável
é transformador

nomeações

apesar dos pesares de toda uma vida
continuo dando sentido
a todas as dores e amores
mal dormidos
mal vividos
e nem a sombra do passado
pode deter todos os sentidos
que corro o risco
de tecer
sobre você

presença

redemoinho em água
na ponta dos dedos
só pra você ver
as flores precisam mais do que água
pra florescer

grito

jazem aqui todas as minhas cartas de amor
abortadas prematuramente sem ao
menos um remetente

jazem no chão picadas
esquartejadas
propensas a tropeços de qualquer
leitor

eu que sei quanto de mim cada carta tem
se não for em lágrimas é em sangue e
em gosto cobre que arranha a garganta
como aquele choro pungente de mãe

jazo aqui eu em toda a poesia
como natimorto no ventre
e antes mesmo que me varram amiúde
pra qualquer buraco deixo aqui registrado
o choro

cordão

esse sopro que representa o fio
delgado de vida que se inscreve
sempre num mais além
de qualquer entendimento
se desembola prematuramente
nos ossinhos tortos dos pés
e no primeiro grito
ou rugido
que se dá ao dizer seu nome
e na primeira vez que os olhos enxergam
e na primeira vez que as mãos tocam
e na primeira vez que que o corpo goza
é o fio irredutível e tênue
de toda uma vida

re[vivi]

pensei mil vezes que a memória
falhou comigo
que o mal do corpo não era antigo
que a criança que vivia em mim
havia mesmo
morrido
o grito ainda embolaria a garganta e eu
histérica
neurótica
diria enfim
abuso

último adeus

ao natimorto

precisei abortar e
abortei
quem dera fosse tudo raspado
imunizado de dor
precisei abortar e
abortei
mas o que ficou
quem dera fosse tudo mentira
quem me dera
essa dor cirúrgica
fosse também
parida

flores

eu nunca quis o teu amor, não
pode ficar com ele, já que você o quer tanto
só pra ti
eu nunca quis ver a vista da varanda
um horizonte de só mar
nunca
nunca
eu nunca quis essa coisa toda amarelada
cor girassol-pintado-a-pinceladas
pode esquecer aqueles dias que fantasiei
já que estavam só
na minha cabeça
você nunca fez parte de inventividade alguma
era meu
tudo só meu
um horizonte de delírio
não de mar
eu nunca quis o teu amor, não
eu não sei nem o que fazer com ele
é como ganhar flores e largá-las ali
pra morrerem afogadas no que elas mais precisam
percebe a questão das flores?
não é amor, não

nunca foi
pode ficar

não somos iguais

me neguei o ódio
porque usar luto como verbo
me demandou esforços colossais
preferi a mudança
de endereço
no peito
que a rotina
desgastante
que o cotidiano
arriscado
que o olhar
amargado
que você me lançou
me neguei ao ódio
que o caminho da tortura
não é mão dupla
e você
viaja
só

medo

tenho medo das escolhas que faço
mas as que me assombram mesmo são as que não fiz
vivem como almas penadas, agarradas
nunca as culpei, foram as minhas faltas que as
trouxeram e foram as minhas
falhas que as alimentaram
– são lotadas de nutrientes –
todos os encontros que não fui
as desculpas que dei e aquele não na rodoviária
 – aquele
em que fui embora e fiz de você um borrão
na memória
junto aos pombos e bagagens, uma confusão
de despedidas e alívios
(eis o que não falam das rodoviárias:
estão cheias de alívios)

convivo com eles em harmonia, com os fantasmas
nunca tive medo de fantasmas, lembram muito a mim
vagam por aí sem corpos, sem olhos, sem bocas, sem
gritos, buscando
                    alívios
talvez por isso eu esteja aqui esperando

o 133 passar
talvez alcance você indo embora

anunciação

viver de vésperas
sem nunca de fato
chegar

liberdade

permita-me ser, antes de mais nada, humana
porque quando não fui humana, fui deusa
quando não fui deusa, fui súcubo
quando não fui súcubo, fui bruxa
fui tudo e nada, mas nunca humana

permita-me ser humana e não
mística
sagrada ou
queimada

humana
mulher
e só

mar

há de se desaguar em algum lugar
mesmo que tenha
nome próprio feminino

salv[ação]

minha única salvação
é ser
eu mesma

mesmo que por vezes
essa pele
seja inospitaleira
e dos olhos escorram
pedras de sal

minha única revolução
é ser sempre fiel
ininterruptamente
até a minha solidão

bloco de notas

fiz poesias que só diziam respeito
a nós
fugi ao entendimento de qualquer
leitor
pra que os únicos olhos
que pudessem me ler
fossem os seus

ainda não sinto, amor

era só quarenta por cento amor e o resto
era carne crua e
pulsante
entre seus dedos
molhados no meu gosto
decorado nas papilas e epitélios

de tudo era pouca coisa que demonstrava existir
amor – essa coisa quente e frequente que germina
não na derme, mas na psique –
era só quarenta por cento amor
e o resto era pura fervura
fermentação bruta na carne
– minha e sua

às quatro gerações passadas

quando te encontrei percebi olhos tão
cansados
mãos com tantos calos
não me restaram dúvidas de que o seu
desamparo
era um lugar

quando te encontrei seus dentes
rangiam de raiva e eu nunca perguntei
o porquê
a solidão faz isso, eu já sabia
e muito mais
com pessoas com esse coração
vermelho latente essa alma
inquieta e impaciente

esse sorriso ensaiado, cansado
você não precisa endereçar
eu aguento o desagrado
o choro e o mau-olhado

comigo não precisa seguir roteiro algum
contanto que nos demos as mãos

fui feita da mesma seiva por onde
escorre a sua vida, mãe
eu entendo bem o cansaço em que nos
colocaram em cima

hedonista

me submeti à sua lei
fiz de você pátria amada
e segui assujeitada pelo poder
que eu própria
lhe dei

fui conivente com os desejos
decretos e códigos
que você com voz alta e peito inflado
deliberou

me pôs uma mordaça
fui perseguida e executada
ancorada à praça
onde um dia te beijei

jamais imaginei que deste país
fascista que você
se tornou
fosse eu a própria criadora
de todo o terror

assim, morta pra você,
me libertei

imaculada

fiz de você outro místico
inalcançável
esperei milagres, dádivas e dons
inatingíveis
inventei você
fantasiei
idealizei
concebi você como quem dá à luz
uma ideia
e me agarrei como quem se agarra
ao fôlego em crise
peguei pedras
castiçais e velas
fiz de mim casa e te construí
um edifício
inteiro
ergui um pedestal tão alto para te pôr
imaculada
mas deve ser muito solitário
ser santa sem graças

ferida

os fantasmas estão por todo lado
de carne e osso
concreto e tijolo
há fantasmas pelo quarto todo

amém

bati três vezes na porta da igreja
depois no templo
depois no terreiro
criei três roteiros de salvação
já tinha três preces na mão
o diabo deve ter rido
do desespero
talvez me leve em alguns anos
talvez quase nada
o processo é o mesmo pois
vim do tesão e do pecado
e sobre isso
são todos
culpados

desejo

a minha vontade sempre passou por inúmeros
prazeres e por inúmeros
questionamentos
a minha vontade veio de mim
saiu do meu ventre
passou pela boceta molhada e escorreu
até você
essa vontade toda carnuda e possessa
de coisas mais, sempre y sempre
mais
a minha vontade é coisa
tão grande
e tão poderosa
que não passou por outras mãos
saiu daqui, do mais íntimo de mim
até encontrar
você
e quando te entrego a minha vontade
você sabe que é
von
ta
de
não queira mais que isso, não

que daqui não vai sair
nada além do
meu querer

a ida

a questão da vida, talvez
seja não ter medo
nem dela
nem da falta dela
nem do vazio que ela traz
a questão da vida, talvez
seja justamente
encarar a vida
de frente

linguística

vou falando a verdade pelas beiradas
vou dizendo o que quero nas esquinas
vou superando as chegadas e
partidas
nos bares cantei e canto minha
vida
não gosto de nada que
me prenda
a vista
o horizonte é só a trilha
e a vida segue assim
semântica

jovem, ainda

tenho medo de perder
a vida
como quem pisca e perde
o céu mudando de azul para
cinza
tenho medo de perder a vida
e levar comigo todas as
feridas
que ainda não tive tempo
de fazer cicatrizarem
tenho medo de perder a vida
mas não a matéria
o espírito, talvez
caso eu acreditasse
tenho medo, mesmo
de perder o eixo, a alma, a essência
a base

replay

não escrevo só de amor
houve um tempo, talvez
passou rápido, tão rápido
nem envelheceu bem
mas caso escrever de amor
seja mesmo meu fim
digo teu nome
que é toda a poesia
pra mim

molhada

ainda escrevo com dedos molhados
de água salgada
lágrimas e gozo

nós

somos imensas de mãos dadas
em uma rua movimentada

casa

eu amo mulheres porque em toda a minha vida elas estavam lá
foi do ventre de uma mulher
que eu saí
foi nas mãos de uma mulher
que tomei meu primeiro banho
e quando menstruei
pela primeira vez
sangue vermelho
de mulher
com todas a minha volta
bolsa de água quente ervas e
                                        calma
foram as mulheres que
me acolheram
na dor de ter sido
estuprada
foram elas que me trouxeram
casa

acordada

precarizei as horas
pra te ver chegar de madrugada
insone
com fome
    de mim

pornografia

pra você
o nosso amor só é
legítimo
em vídeo?

tempo

quanto tempo falta pra eu te tocar sem medo?

pés

a mesa de centro da casa de minha bisa
guardou memórias mais antigas que eu
não era usada pra apoiar copos nem pratos nem
sequer se podia comer sobre ela
era dos pés que se tratava
e não eram quaisquer pés
puseram ali pés doentes pés cansados
pés pobres, muito pobres
jamais houve um pé sobre aquela mesa que não tenha andado
quilômetros pra chegar a alguma escola alguma
lavoura algum casamento apressado

depois de cem anos ela descansa intacta sobre a
minha sala e como nunca fui de obedecer criei ali a
primeira marca de copo
e depois outra
e depois outra

chorei sobre ela amores que não tinham andado
amores que só tinham mãos e braços
e por ter me esquecido dos pés esqueci também do
caminho

os pés dizem muito

estou mais viva agora
que me lembrei dos pés

aqui, ainda

existo há muito tempo
como um náufrago
ainda não descoberto
        pro-
            funda

■ primeira edição
■ junho de 2022